Darllen 10 Munud

Sam Tân ™

Tân Mawr Pontypandy

Pan welwch y symbolau hyn:

Darllenwch yn uchel i'ch plentyn.

Y plentyn i ddarllen gyda'ch cefnogaeth chi.

Chi a'ch plentyn i gyd-ddarllen.

RILY

www.rily.co.uk

Addasiad Mared Roberts

Roedd hi'n ddiwrnod arbennig yng ngorsaf dân Pontypandy.

Roedd Prif Swyddog Boyce wedi dod yr holl ffordd o'r Drenewydd i gyflwyno medal dewrder i Sam Tân. "Da iawn ti, Sam!" meddai.

"Diolch, syr!" atebodd Sam.

Roedd Prif Swyddog Steele a chriw'r orsaf dân i gyd yn falch iawn o Sam. Roedd yn arwr!

 Mae Sam yn cael medal.
Mae'n arwr dewr.

Ar ôl y seremoni, aeth Prif Swyddog Boyce at Sam a'i holi a hoffai fod yn bennaeth ar orsaf dân y Drenewydd.

Gwyddai Sam fod hon yn swydd bwysig iawn ond doedd o ddim yn siŵr a oedd eisiau symud o Bontypandy.

"Mae angen amser arna i i feddwl am y cynnig," meddai Sam wrth Brif Swyddog Boyce.

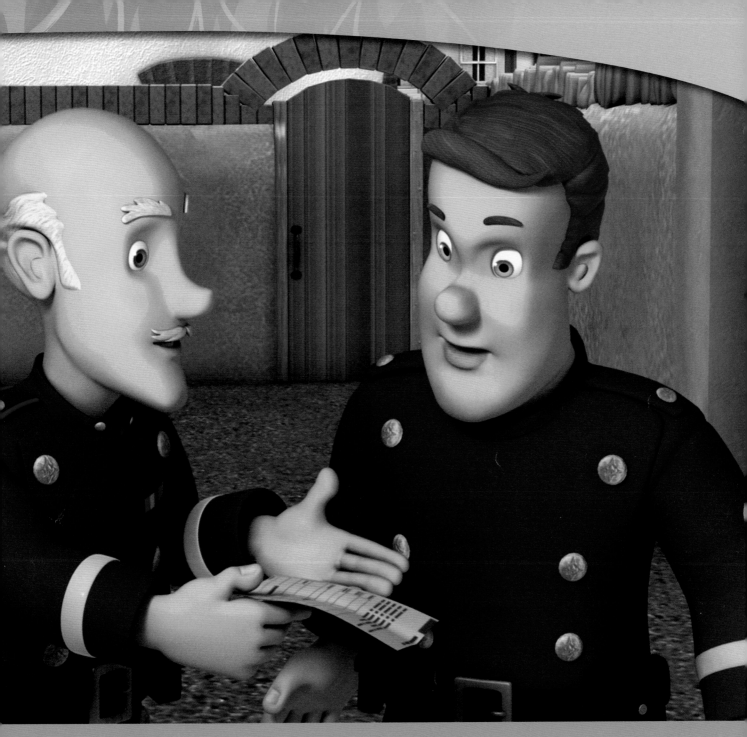

 Mae Boyce yn cynnig swydd arall i Sam.
Mae Sam angen amser i feddwl.

Tasg y prynhawn i Sam, Elfis
a Radar oedd gosod arwyddion yn y
goedwig i rybuddio pobl rhag cynnau tân.

Roedd y tywydd mor boeth a sych,
gallai tân ymledu drwy'r coed mewn dim.
Byddai Pontypandy mewn perygl!

Wrth gerdded drwy'r goedwig, meddai Elfis,
"Mi hoffwn innau fod yn arwr hefyd.
Sut wyt ti'n mynd ati, Sam?"

"Wel, dwn i ddim!" chwarddodd Sam.
"Dim ond gwneud fy ngorau glas
i fod yn ddyn tân da ydw i."

 Mae Elfis yn gosod arwydd peidio cynnau tân.
Mae am fod yn arwr fel Sam.

Ym mhen arall y goedwig, roedd Criw Antur Pontypandy a Trefor wrthi'n gosod eu pebyll. Roedden nhw ar drip gwersylla er mwyn ennill bathodyn goroesi.

Y dasg nesaf oedd casglu bwyd o'r goedwig, ond dim ond ychydig o fwyar allai'r plant ddod o hyd iddyn nhw. Roedd y Criw Antur ar lwgu!

 Mae'r plant yn gwersylla.
Maen nhw ar lwgu.

Roedd Norman a'i gefnder,
Derec, wedi dod â selsig gyda nhw.
Sleifiodd y ddau o'r gwersyll i'w coginio.

"Ond chawn ni ddim cynnau tân,"
meddai Derec.

"Allwn ni ddim bwyta selsig amrwd,
siŵr!" meddai Norman gan rwbio
brigyn yn erbyn darn o bren er
mwyn cynnau tân.

"Norman!" gwaeddodd Dilys,
ei fam.

Gadawodd y bechgyn y cyfan
a rhedeg yn ôl i'r gwersyll.
Yna'n sydyn dyma dân
yn cynnau ar y pren.

 Mae Norman a Derec yn coginio selsig yn slei bach. Mae tân yn cynnau ar ôl iddyn nhw fynd i'r gwersyll.

Wrth i Tom Thomas edrych drwy ffenest yr orsaf achub mynydd, gwelodd gwmwl rhyfedd dros y goedwig. Craffodd eto.

Nid cwmwl oedd yno, ond mwg! Roedd yn rhaid rhybuddio'r orsaf dân yn syth!

"Tom yn galw Prif Swyddog Steele. Dwi'n gweld mwg yn y goedwig," meddai. "Mi wna i geisio ei ddiffodd cyn iddo ymledu!"

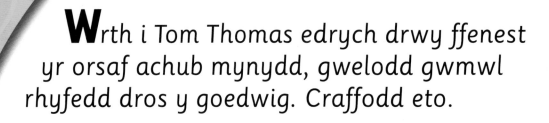

 Mae Tom yn gweld mwg yn y goedwig.
Mae'n galw'r orsaf dân ar frys.

Roedd Elfis ger y goedwig pan ganodd ei ffôn symudol.

"Cridlington!" gwaeddodd Prif Swyddog Steele. "Mae tân yn y goedwig ac mae'r plant yn y gwersyll gerllaw. Mae'n rhaid i ti eu symud ar unwaith!"

"Iawn, syr, fe allwch chi ddibynnu arna i!" meddai Elfis. "Tyrd, Radar!"

 Mae Elfis yn clywed am y tân yn y goedwig.
Rhaid iddo achub y plant!

Hedfanodd Tom ei hofrennydd
dros y goedwig gan ollwng bwcedaid
enfawr o ddŵr dros y fflamau.

"Tom," holodd Sam dros y radio,
"ydi'r tân wedi'i ddiffodd?"

"Nac ydi, Sam," atebodd Tom.
"Mae'r gwynt yn chwythu'r tân
tuag at Bontypandy!"

"Mi fyddwn ni yno'n syth i
daclo'r fflamau," meddai Sam.

 Mae Tom yn hedfan uwchben y goedwig.
Mae'n gollwng dŵr dros y tân.

Gwibiodd Jwpiter a Fenws tua'r goedwig, eu goleuadau'n fflachio a'u seirenau'n sgrechian.

Chwistrellodd Sam, Penny a'r Prif Swyddog Steele ddŵr ar y coed a'r ddaear, gan obeithio diffodd y fflamau.

Petai'r tân yn ymledu, gallai ddifa Pontypandy. Roedd yn rhaid i Sam a'r criw achub y dref!

"Pwyll pia hi!" galwodd Sam. Byddai'n rhaid gweithio fel tîm i reoli'r tân!

 Mae Sam a'r criw yn rhuthro i'r goedwig.
Maen nhw'n chwistrellu dŵr ar y coed a'r ddaear.

Roedd Elfis wedi anfon Radar i'r goedwig. Arweiniodd y ci clyfar Elfis yn syth at y gwersyll!

Roedd Elfis yn falch o ddod o hyd i bawb yn ddiogel, ond roedd y mwg trwchus yn eu mygu.

"Dilynwch fi!" meddai Elfis. Clywodd seiren Jwpiter ac aeth â'r criw i gyfeiriad y sŵn. Llwyddodd pawb i ddianc o'r goedwig lawn mwg.

"Da iawn, Elfis!" meddai Sam.

 Mae Elfis a Radar yn dod o hyd i'r gwersyll.
Mae Elfis yn arwain pawb allan o'r goedwig.

Aeth Elfis at y criw i'w helpu i frwydro
yn erbyn y fflamau, ond roedd y tân
yn rhy ffyrnig i'r pibellau dŵr ei ddiffodd.

CRAC! Yn sydyn, torrodd cangen fawr danllyd
oddi ar y goeden yn union uwchben Sam!

Heb feddwl, taflodd Elfis ei hun
tuag at Sam a'i wthio oddi wrth
y perygl. Glaniodd y gangen
yn yr union fan lle roedd
Sam wedi bod yn sefyll.

"Diolch, Elfis!" ebychodd Sam.
"Wnest ti achub fy mywyd!"

 Mae cangen danllyd yn torri uwchben Sam.
Mae Elfis yn gwthio Sam o'r ffordd.

Er gwaethaf gwaith caled Sam
a'r criw, roedd y tân yn dal i symud
tuag at Bontypandy.

"Mae'n rhaid symud pawb i rywle diogel!"
meddai Prif Swyddog Steele.

Aeth y criw tân â holl drigolion
ac anifeiliaid Pontypandy ar fwrdd
cwch pysgota Siarlys yn yr harbwr.

Wrth i bawb wylio'r tân yn llosgi,
holodd Sara, "Pam ydyn ni wedi
dod ar y cwch, Dad?"

"Y dŵr yw'r lle mwyaf diogel o
afael y fflamau," atebodd Siarlys.

 Mae'r tân yn symud tuag at Bontypandy.
Mae pawb yn mynd ar gwch i fod yn ddiogel.

Teimlai Sam yn drist iawn wrth weld y tân yn agosáu. Nid oedd am weld Pontypandy yn cael ei dinistrio.

Yn sydyn teimlodd ddiferyn o ddŵr yn disgyn ar ei drwyn. Edrychodd i fyny. "Mae hi'n bwrw glaw!" gwaeddodd.

"Gobeithio y bydd hi'n glawio digon i ddiffodd y fflamau!" meddai Penny wrth iddi ddechrau bwrw glaw yn drwm.

Daeth galwad yn fuan wedyn gan Tom o'r hofrennydd. "Mae'r glaw wedi diffodd y tân! Mae'r perygl drosodd!"

Roedd Pontypandy'n ddiogel a daeth pobl y dref yn ôl o'r harbwr.

Mae'n dechrau bwrw glaw yn drwm.
Mae'r glaw yn diffodd y tân.

Roedd seremoni cyflwyno medal arall yng ngorsaf Pontypandy yn fuan wedyn.

"Elfis, roeddet ti'n ddewr iawn yn ystod y tân mawr," meddai Boyce. "Da iawn ti!"

Gwnaeth Elfis saliwt.
Roedd yntau hefyd yn arwr!

"Ac mae'n bleser gen i roi bathodyn goroesi i aelodau Criw Antur Pontypandy," meddai Trefor.
"Wel, i bawb ond . . . "

"Dy fai di yw hyn!" meddai Norman a Derec wrth ei gilydd. Doedd dim bathodyn yr un iddyn nhw.

 Mae Elfis yn cael medal am fod yn ddewr.
Mae'r plant yn cael bathodyn hefyd!

Roedd Sam wedi penderfynu peidio â derbyn y swydd yn y Drenewydd.

"Pam hynny, Sam?" gofynnodd Elfis. "Mi faset ti'n bennaeth ar dy griw dy hun yn y Drenewydd."

Gwenodd Sam Tân. "Mi wnaeth y tân mawr i mi feddwl o ddifri, Elfis," meddai. "Bu bron i ni golli Pontypandy, a dwi'n gwybod erbyn hyn nad ydw i eisiau gadael y dref. Pontypandy fydd fy nghartre i am byth!"

 Nid yw Sam eisiau'r swydd newydd.
Pontypandy fydd ei gartre am byth!

Darllen 10 Munud

Mwynhewch ragor o straeon o'r gyfres Darllen 10 Munud

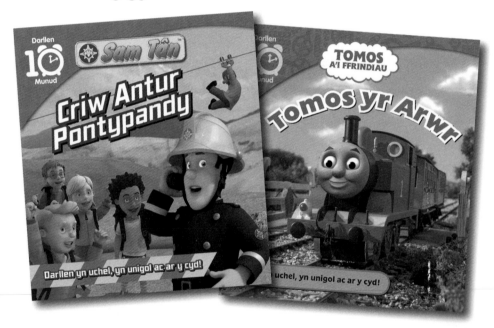

Mae rhagor o lyfrau i'w darllen yn uchel, yn unigol ac ar y cyd ar wefan
www.rily.co.uk !

RILY